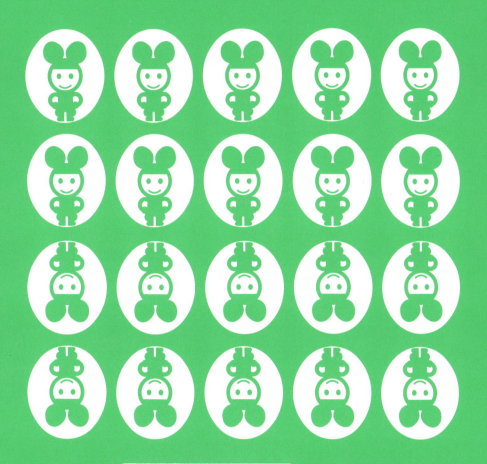

びょういんのおばけずかん

おばけきゅうきゅうしゃ

斉藤《さいとう》 洋《ひろし》・作　宮本《みやもと》えつよし・絵

OBAKE

おばけきゅうきゅうしゃ

よなかに　とおくから　サイレンの　おとが
きこえて　きて、だんだん　ちかづいて　きます。
サイレンは　うちの　まえで　ぴたりと
とまります。

どう　したのだろうと　みに　いくと、
とまって　いる　きゅうきゅうしゃの
そばには、だれも　いません。
うんてんせきにも　だれも　いません。

OBAKE

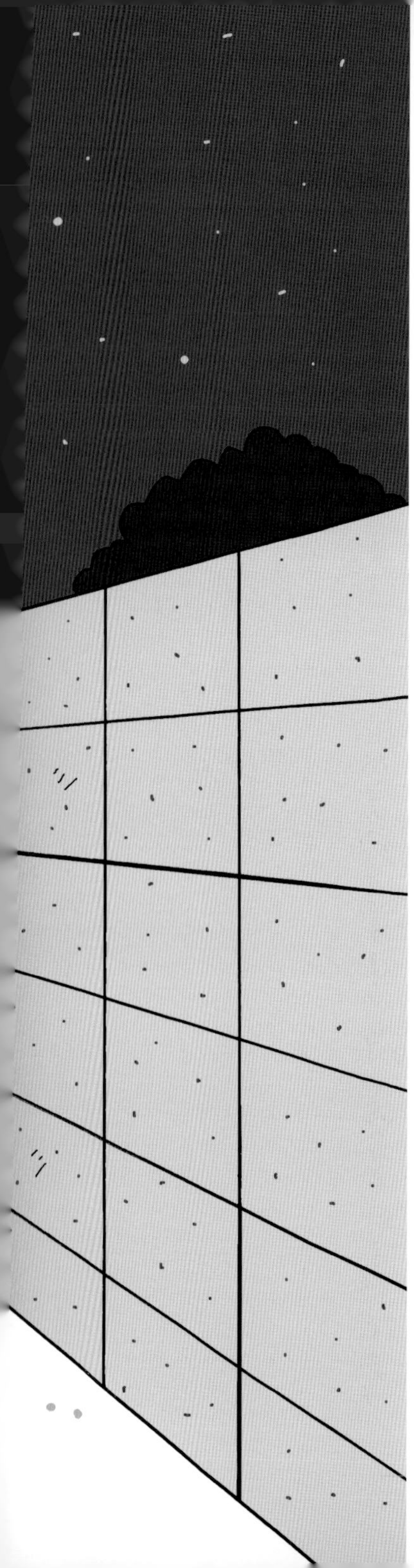

だれかが　はこばれて　くる　ようすも
ありません。
おかしいなと　おもって　いると、うしろの
ドアが　ギギギ……。

ギギギギーッ！
OBAKE
4444

やっぱり、だれも　いません。
これは　きゅうきゅうしゃの　なかを
みる　チャンスとばかりに、のりこむと……。

いきなり　ドアが　しまり、サイレンが
なりだして、きゅうきゅうしゃが
はっしゃします。
すぐに　かべぎわの　きかいから
さんそマスクが　のびて　きて、かおに
ぴたり！
おぼえて　いるのは　そこまでです。

めを　さますと、びょういんの　ベッドで
ねて　います。
そばに　おいしゃさんが　いて、
「かるい　かぜですね。だいじょうぶ！」
ですって。
でも、その　おいしゃさんは
おばけじゃ　ないから　だいじょうぶ！

びょういんも　ほんものです。だから、
しんぱい　いりません。だいじょうぶ！
その　ひに　たいいんできるから
だいじょうぶ！
だれも　いないからって、むだんで
きゅうきゅうしゃに　のったり　しなければ、
はじめから　だいじょうぶ！

こうだんびょういん
おだいじに……。

ウルトラえいようちゅうしゃ

げんきが　でないので、びょういんに
いき、まちあいしつで　まって　いると、
とつぜん、なん十《じっ》ぽんもの　ちゅうしゃきが
とんで　きます。
それは　ウルトラえいようちゅうしゃです。

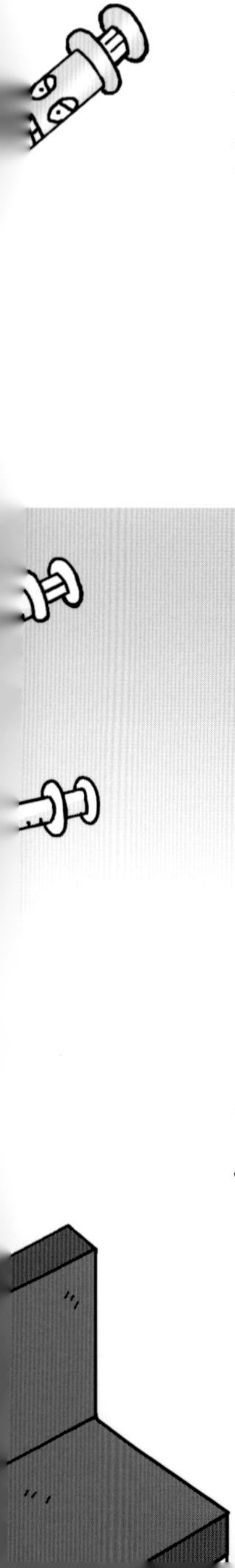

おばけずかん
こうひょう
はつばいちゅう!
ばけねこに
ちゅうい!
てあらい
うがい
しましょう
はみがき、
しましょう

ふといのも　あり、ほそいのも　あります。
ちゅうしゃえきも　いろとりどり！
あかいのや、あおいのや、しろいのや、
きいろいのや、みどりいろのや、なかには、
あやしい　ピンクの　ちゅうしゃえきが
はいって　いる　ものも　あります。

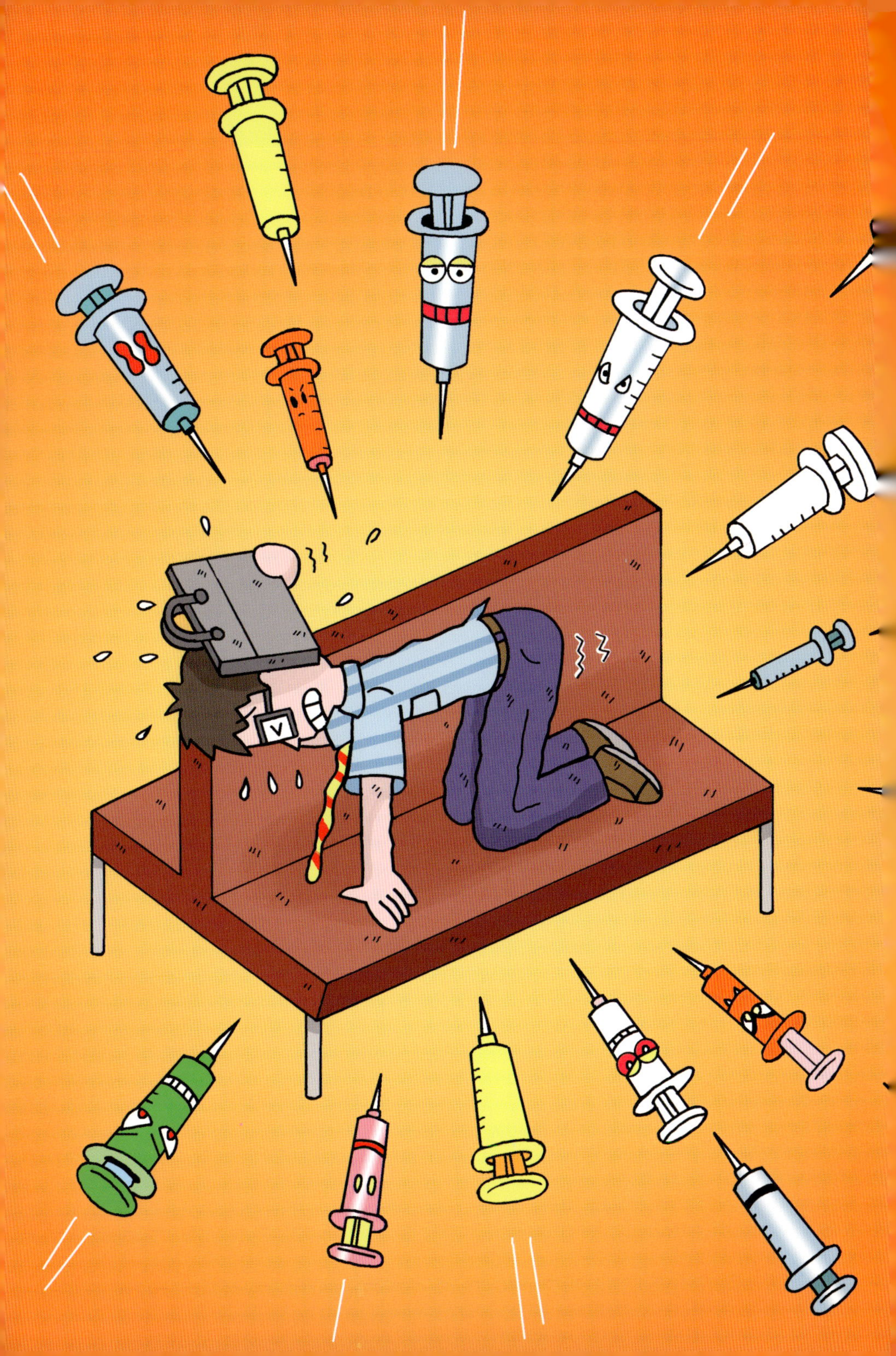

ズブリ、ズブリ、ズブ、ズブリ！
ちゅうしゃきは　たちまち、からだの
あちこちに　ささります。
それが　いたいのなんのって……。

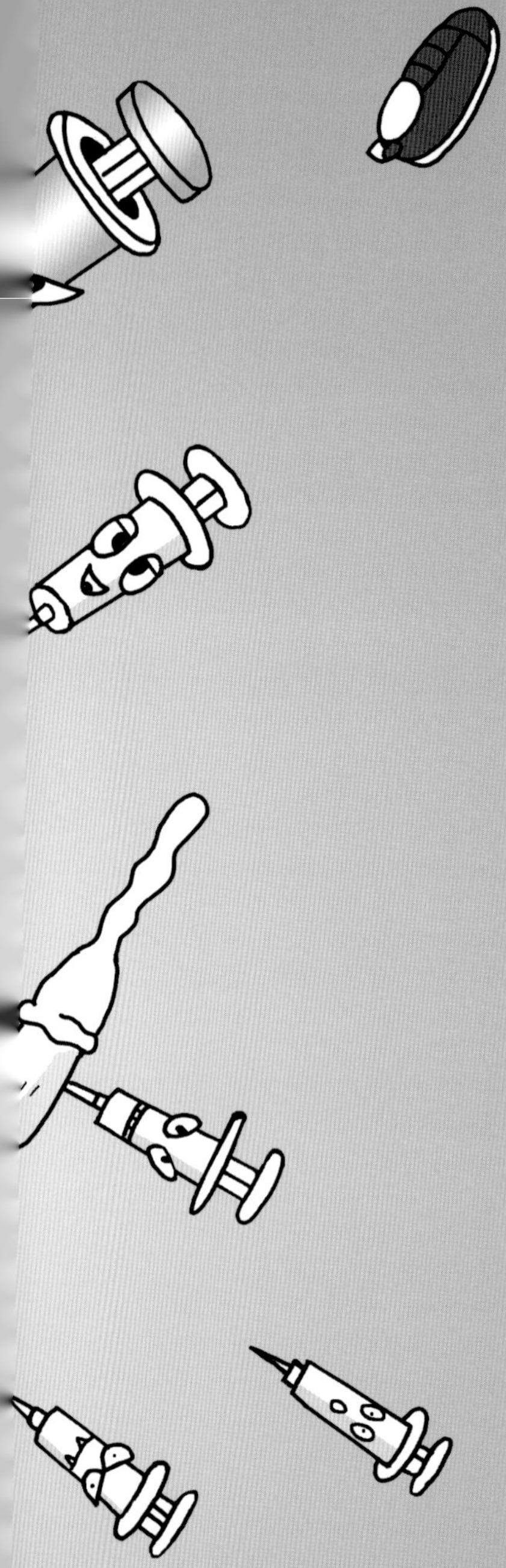

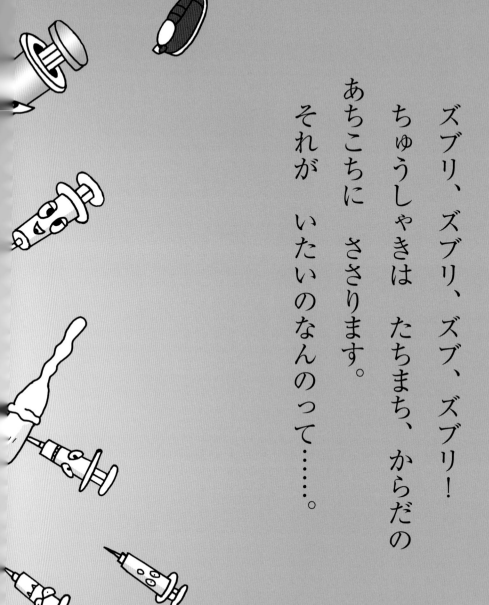

ひえ〜っ!

ちゅうしゃえきが　なくなると、どの
ちゅうしゃきも　きえて　しまうから、
だいじょうぶ！
ちゅうしゃが　おわれば、げんき　まんまん。
その　まま　はしって　かえれます。
ちりょうひも　かからないから、
だいじょうぶ！

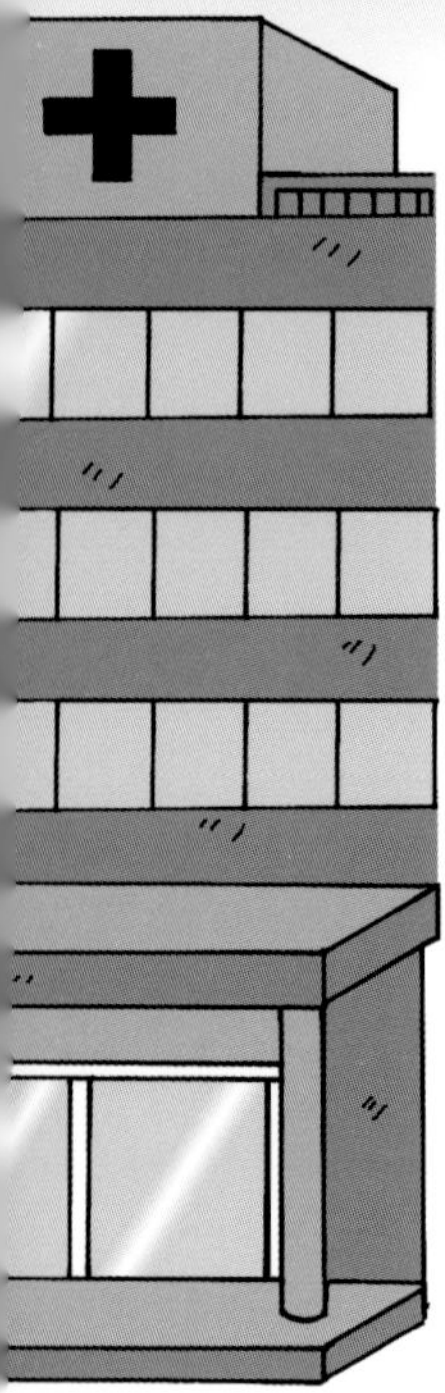

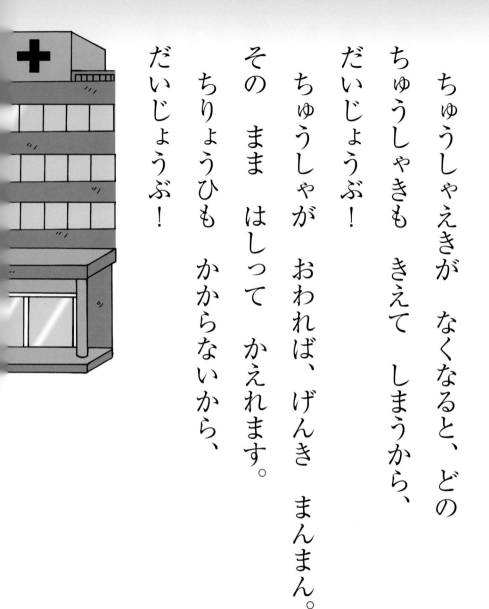

むかでナース

にゅういんして　いて、よなかに、ふと
めが　さめて　しまい、なんとなく
びょうしつから　ろうかを　のぞくと、
かんごしさんが　ひとり　こちらに　むかって
あるいて　くる　ことが　あります。

よるの　みまわりかな……、なんて
おもって、びょうしつに　ひっこみ、ようすを
うかがって　いると、まず、かんごしさんの
つまさきが　みえ、つづいて　あしが、
それから　よこがおと　むねと　うでが
みえて……。

ふつうなら、つぎは　せなかと
おしりなのですが、そうは　ならない　ことが
あるのです。
あたまが　みえるのは　それきりですが、
どうたいが　ずっと　つづき、うでと　あしも
なんぼん、なん十《じっ》ぽんと　つづきます。

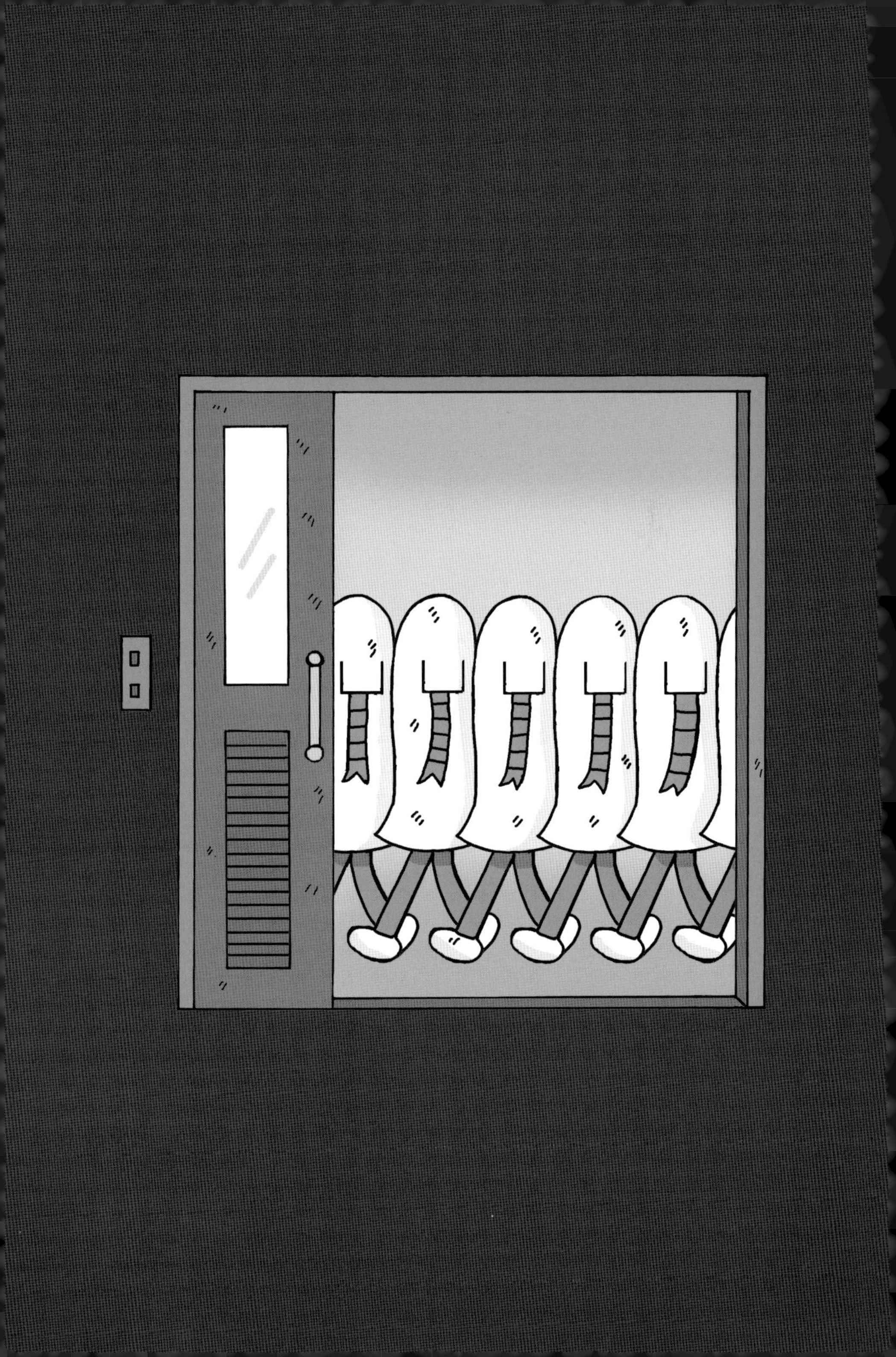

それが　むかでナースです！
とおりすぎてから、そっと　ろうかを
のぞくと、うしろすがたが　みえます。
でも、それは　ふつうの　かんごしさんの
うしろすがたと　おなじです。

その　まま　みすごせば、むかでナースは
なにも　しないから、だいじょうぶ！
けれども、もし、おおごえで、
「あっ、おばけだーっ！」
なんて、さわごうものなら、むかでナースは
ふりむいて、こちらに　もどって　きます。

そう　なったら、もちろん　ただでは
すみません。
もどって　きた　むかでナースは
おおごえを　あげた　ひとに
ぐるぐる　ぐるぐる　からみつき、
ぎゅうぎゅう　ぎゅうぎゅう　しめあげて
きます。

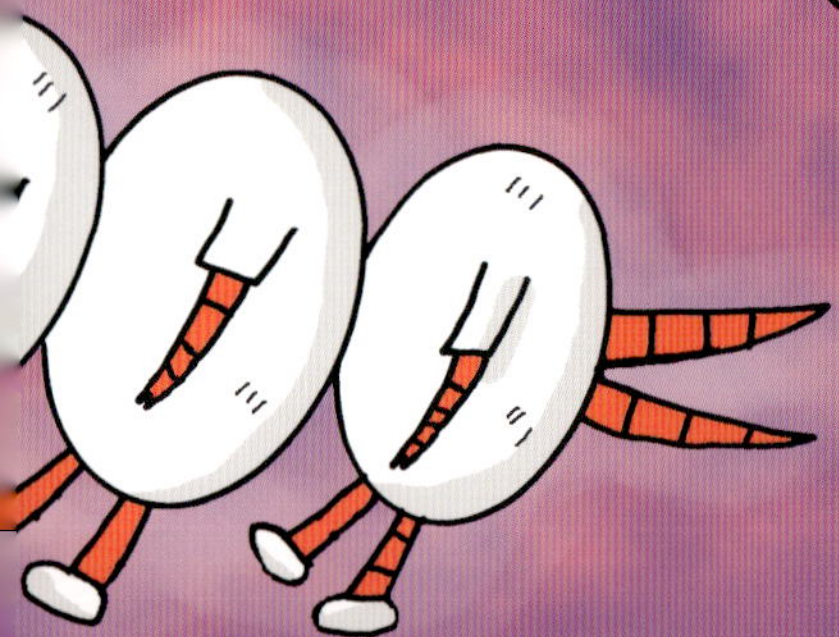

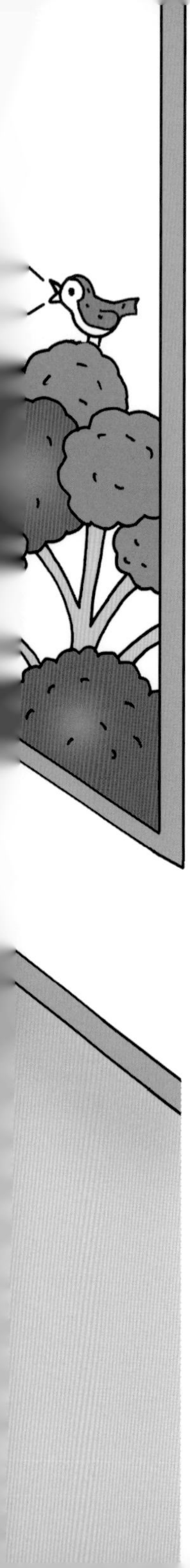

もちろん、　からみつかれたら　すぐに
きぜつ！
でも、だいじょうぶ！
あさに　なれば、なにも　なかったように
ベッドで　めを　さまします。

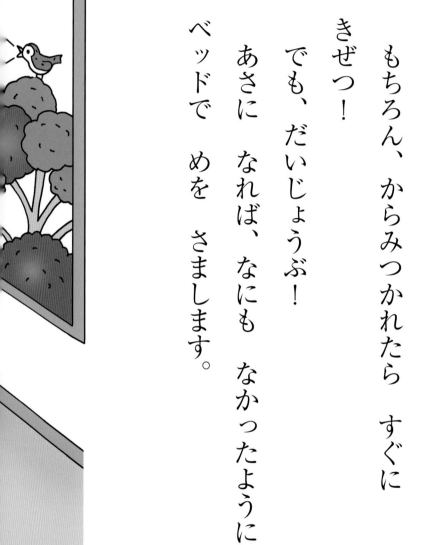

むかでナースでも、かんごしさんには
ちがい　ありません。きぜつした
かんじゃさんを　ほうっては　おかず、
ベッドに　ねかせてから　たちさるのです。
だから、だいじょうぶ！

まんいんろうじんエレベーター

よるの　めんかいじかん　ぎりぎりに、
一《いっ》かいで　エレベーターを　まって　いると、
うえから　おりて　きた　エレベーターの
ドアが　あきます。
のって　いるのは　としよりばかり。

123456789
チン

ひとりも　おりません。

「したですけど、のりますか。」

と　いわれ、

「いいえ。」

と　こたえると、ドアが　しまります。

だけど、なんだか　へんです。その

エレベーターは　ちかには　いかない　はず。

123456789

おかしいなと　おもって　いると、すぐに
また　ドアが　ひらきます。
けれども、そこには　だれも　いません。
だから、だいじょうぶ！
ふつうに　のって、いきさきの　かいの
ボタンを　おしましょう。
ちゃんと　つくから、だいじょうぶ！

てあらい　うがいを
しましょう！
9
8
7
6
5
4
3
2
1

でも、
「したですけど、のりますか。」
と いわれて、のって しまうと、
どう なるのでしょう?
のった ひとは いましたが、その
ひととは、それきり あって いません。
どこに いったのでしょうかねえ……。

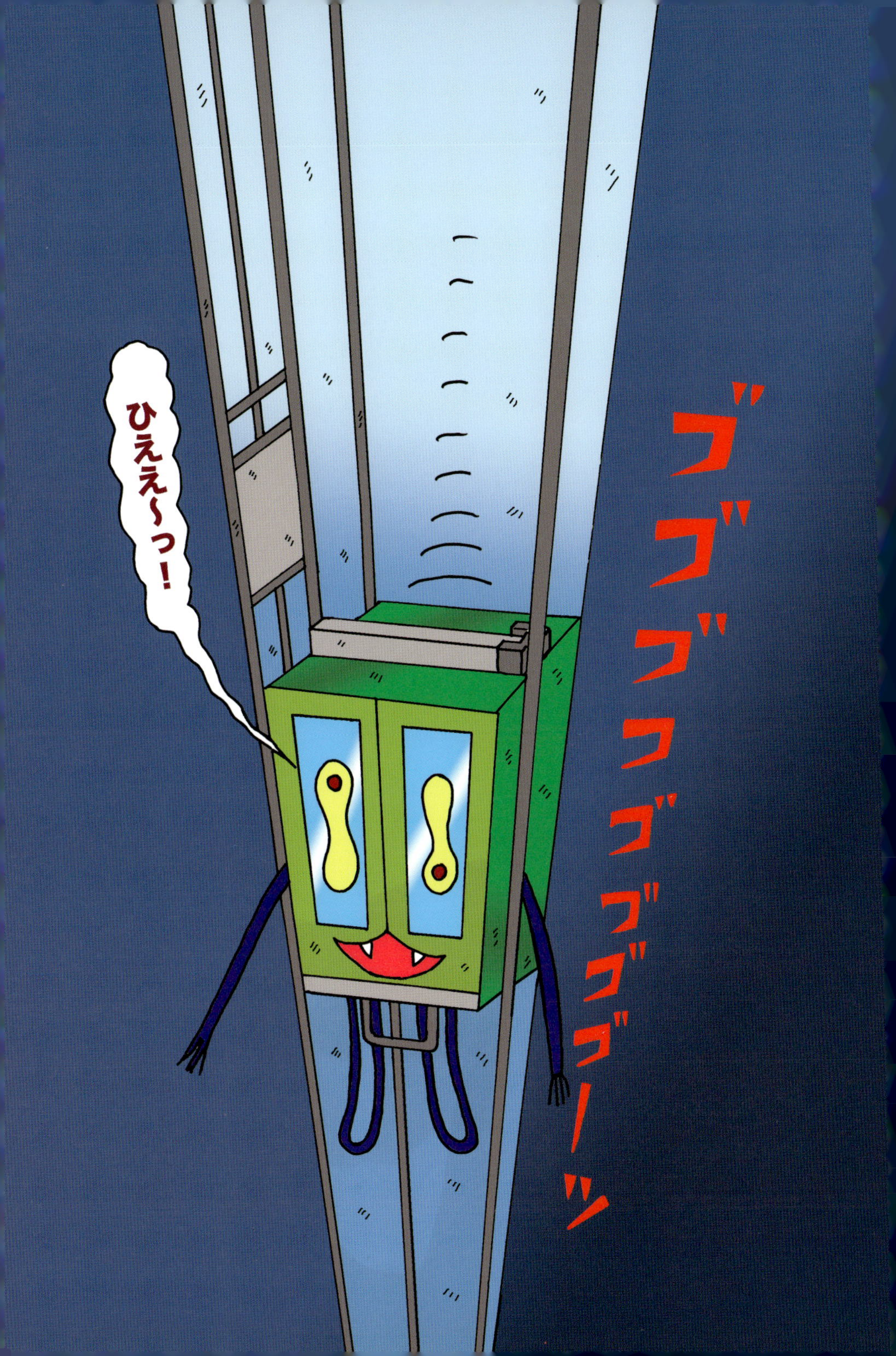
ゴゴゴゴゴゴゴゴーッ
ひえぇ～っ！

レントゲンしつのスルージュ

レントゲンしつの　まえを　わかい
イケメンの　おいしゃさんが　とおると、
きんぱつで　ものすごく　きれいな
おんなの　ひとに　こえを　かけられる
ことが　あります。

ねえ、せんせい。いっしょに、レントゲンのきねんしゃしんを　とらない？
いいねえ。とろう、とろう！

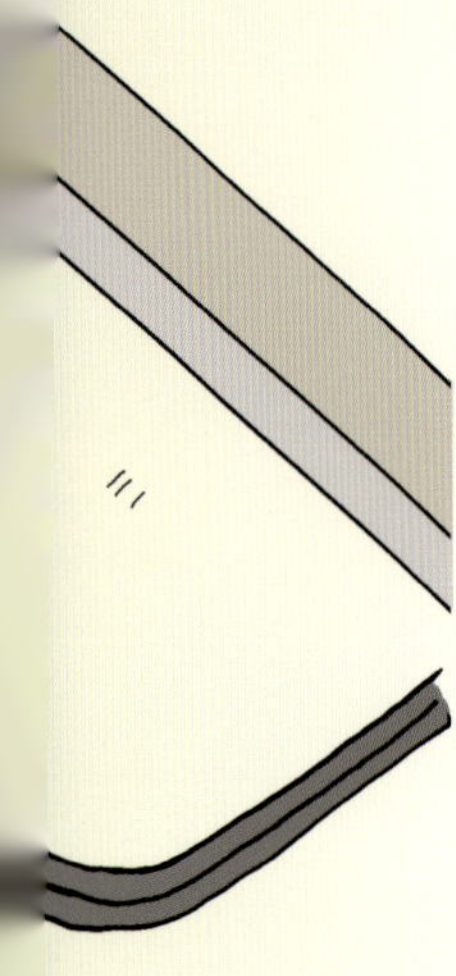

それは　レントゲンしつのスルージュです。
さそわれる　ままに、スルージュと　ならんで、
レントゲンの　だいに　のり、さつえいしても、
おいしゃさんの　ほねは　ふつうには
うつりません。

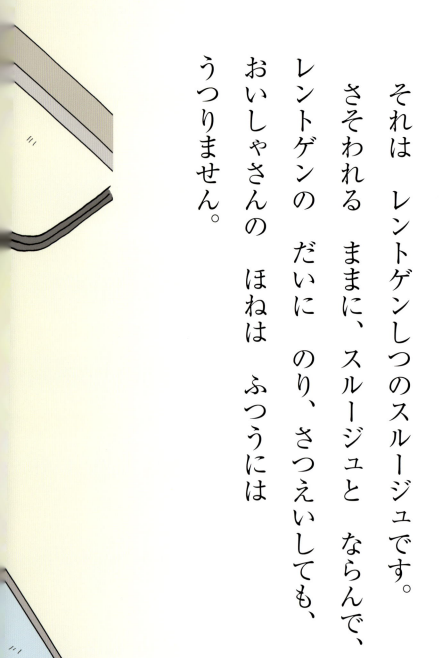

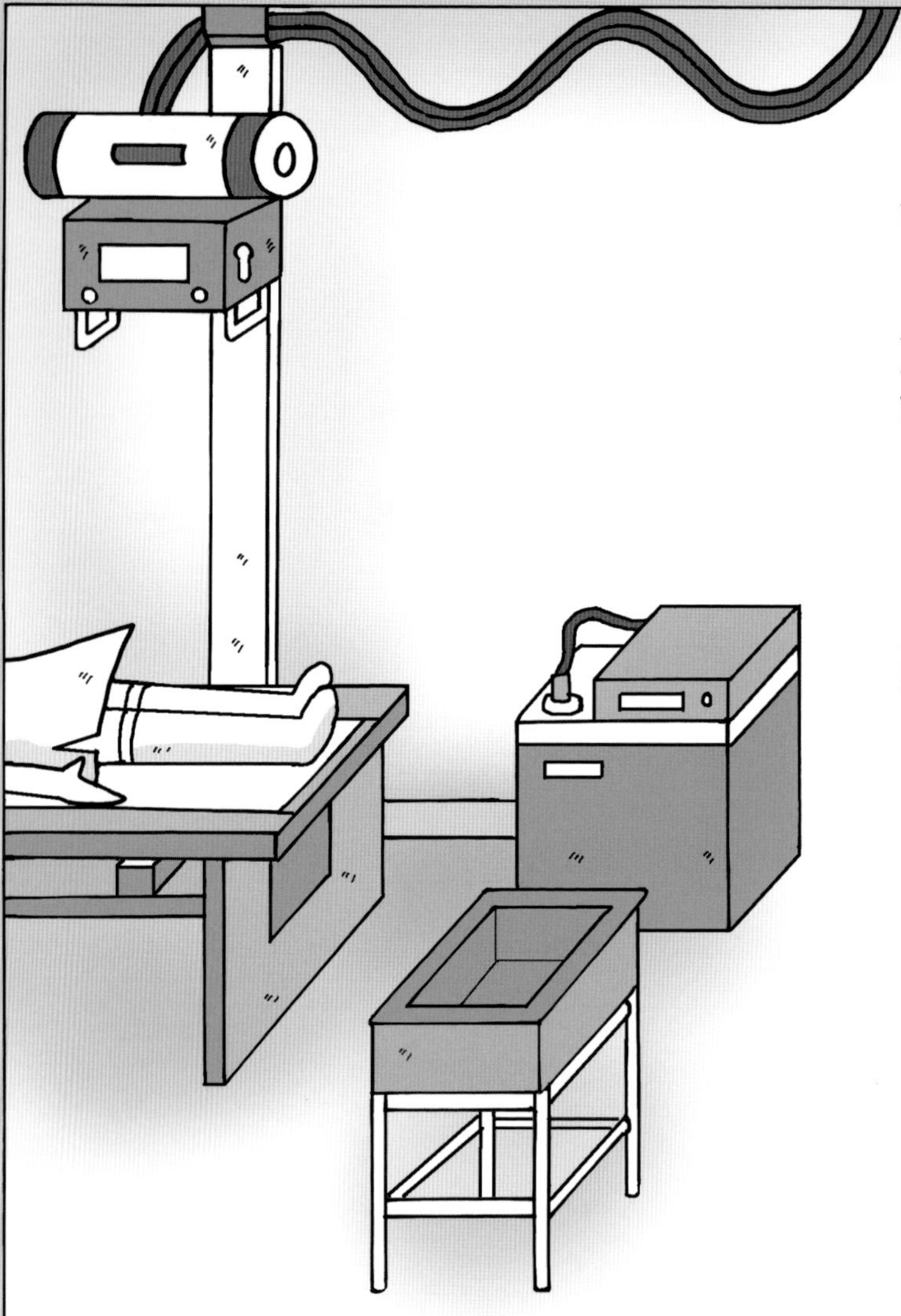

うつって　いるには　うつって　いますが、
いったい　どこに……？

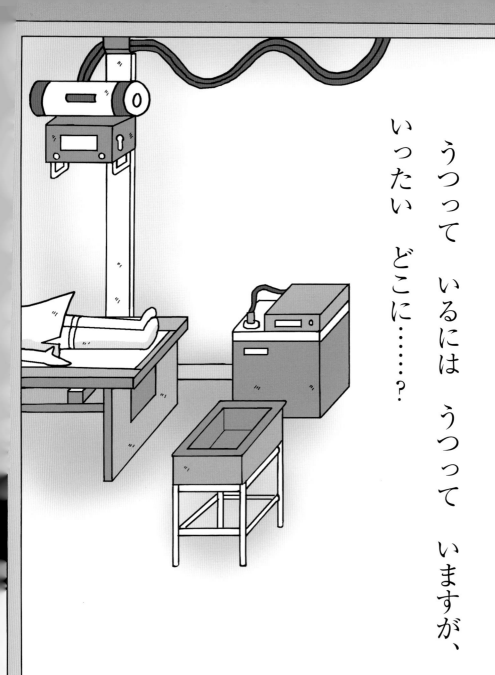

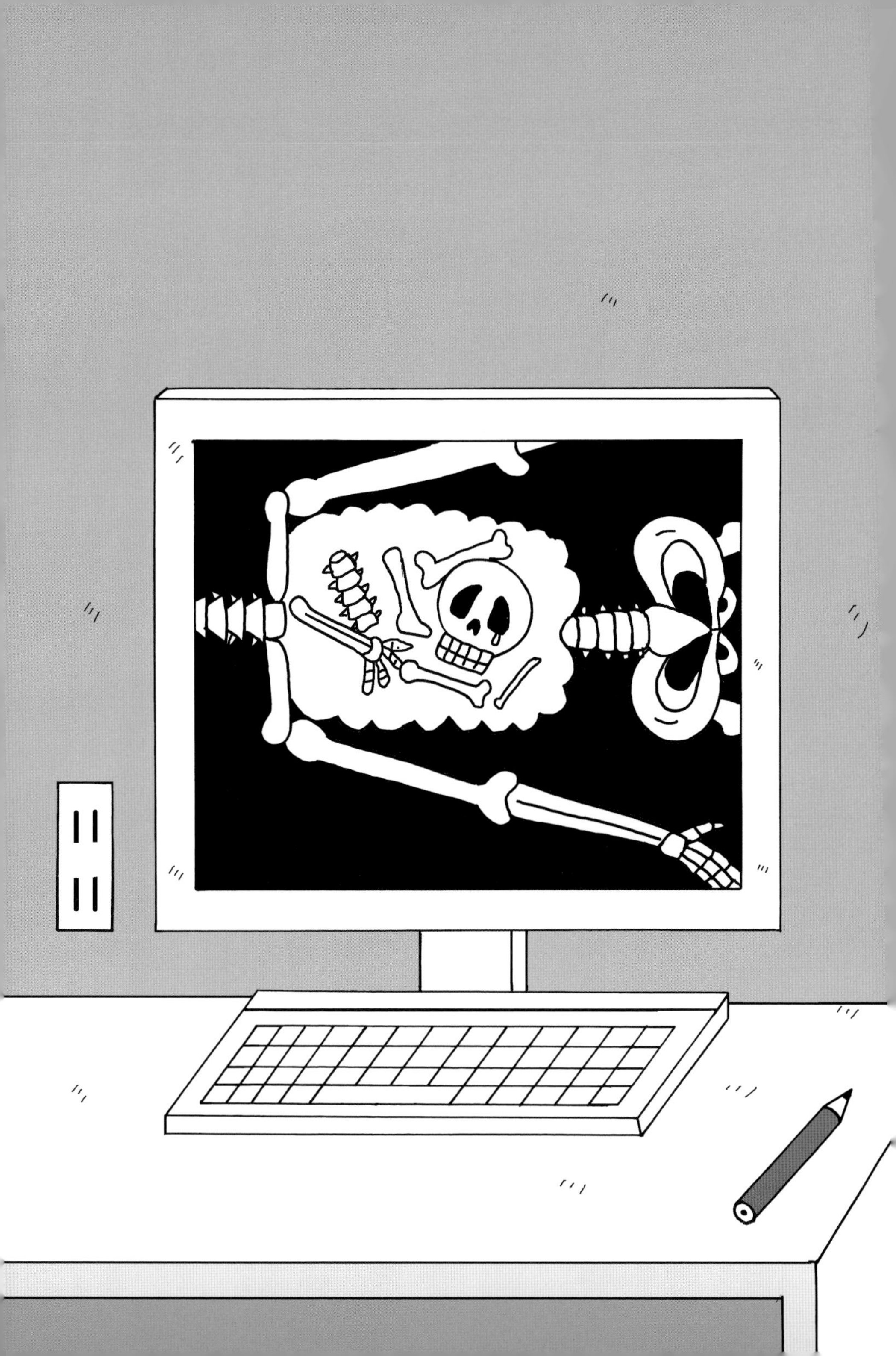

レントゲンの　だいに　のった　しゅんかん、
おいしゃさんは　スルージュに　あたまから
ガブリと、たべられて　しまったのです。
でも、だいじょうぶ！
スルージュが　ねらうのは、わかくて
イケメンの　おいしゃさんだけです。

ガブッ

じょいさんや　かんじゃさん、それから
わかい　おとこの　ひとでも、イケメンの
おいしゃさんじゃ　なければ、だいじょうぶ！
イケメンの　わかい　おいしゃさんでも、
「レントゲンは　きねんさつえいに
つかう　ものでは　ありません！」
と　きっぱりと　ことわれば、だいじょうぶ！

フン
SUMOU

せんねんいんちょうせんせい

ひょうばんの　いい　びょういんには、
ふつうの　いんちょうせんせいの　ほかに、
もう　ひとり、せんねんいんちょうせんせいが
いる　ことが　あります。
せんねんいんちょうせんせいは……。

千《せん》ねんどころか、もっと　ながく
おいしゃさんを　して　います。ふつうの
おいしゃさんでは　ありません。めちゃくちゃ
ながいきの　おいしゃさん……とでも、
いって　おきましょうか。

せんねんいんちょうせんせいは、
千《せん》ねんの　けいけんで、どんな　びょうきも
けがも　たちまち　なおして　しまいます。
だから、むしろ、だいじょうぶ！

きせきだーっ！
さわられただけで、たちまち　げんき　かいふく！
これから、きょうかいに　いって、けっこんしよう！

ぜんじどうふしぎベッド

たくさん　ある　びょういんの　ベッドの
なかに、ひとつだけ、きみょうな
ベッドが　まぎれこんで　いる
ことが　あります。
それは、
ぜんじどうふしぎベッドです。

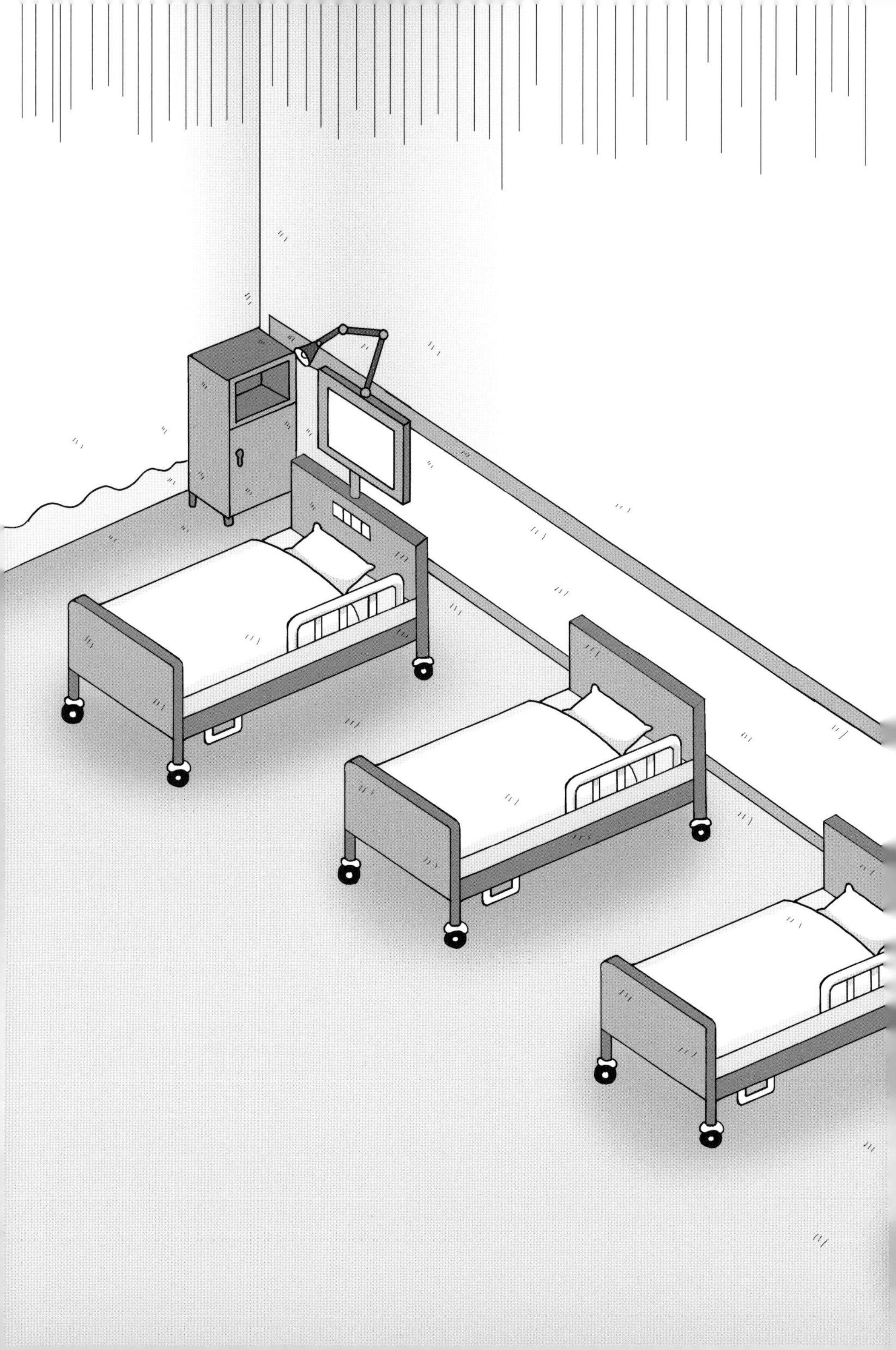

なにしろ、ぜんじどうですから、いろいろな　ことを　して　くれます。ごはんを　たべさせて　くれたり……。

マッサージだって　して　くれます。

てがみも　ほんにん　そっくりな　じで
かわりに　かいて　くれるし……。

ほんの　よみきかせも　して　くれます。
もちろん、ぜんじどうで、よい　ほんだけを
えらびます。

ぜんじどうふしぎベッドは、なにしろ、
ぜんじどうなだけでは　なく、ふしぎな
ベッドですから、よるに　なり、ほかの
にゅういんかんじゃさんが　みんな
ねて　しまうと、そっと　あるきだし、
かんごしさんたちの　めを　ぬすんで、
びょういんから　でて　いきます。

きんじょを　さんぽした　あとは、
こうそくどうろに　はいり、だいとかいを
ひとまわり！
あんぜんうんてんだから、だいじょうぶ！
しっかり　つかまって　いれば、もっと
だいじょうぶ！

あのよに　いっちゃうなんて　ことは
ぜったい　ないから、だいじょうぶ！
よあけまえには、ちゃんと　びょうしつに
かえって　いるから、だれにも
きづかれません。
だから、百《ひゃく》パーセント　だいじょうぶ！

どこか、いたい　ところ、ある？
ぜんぜん！　ちょっと　ねむいだけです。

作者・斉藤　洋
〔さいとうひろし〕

昭和二十七年、東京生まれ。おもな作品に、「ペンギン」シリーズ、『ルドルフとイッパイアッテナ』など。びょういんには、おばけがいっぱいいすぎて、このほんだけではたりません。

画家・宮本えつよし
〔みやもとえつよし〕

昭和二十九年、大阪生まれ。おもな作品に、「キャベたまたんてい」シリーズなど。びょういんで、おばけにあわないほうほうがあります。それは、びょうきにならないことです。

シリーズ装丁・田《た》名《な》網敬一《あみけいいち》

どうわがいっぱい⑪⑩

びょういんのおばけずかん
おばけきゅうきゅうしゃ

2016年 5月24日 第1刷発行
2022年 1月 6日 第16刷発行

作者 斉藤《さいとう》 洋《ひろし》
画家 宮本《みやもと》えつよし

発行者 鈴木章一
発行所 株式会社 講談社
〒112-8001 東京都文京区音羽 2-12-21
電話 編集 03(5395) 3535
販売 03(5395) 3625
業務 03(5395) 3615
N.D.C.913 78p 22cm
印刷所 株式会社 精興社
製本所 島田製本株式会社
本文データ作成 脇田明日香
KODANSHA

ISBN978-4-06-199610-6

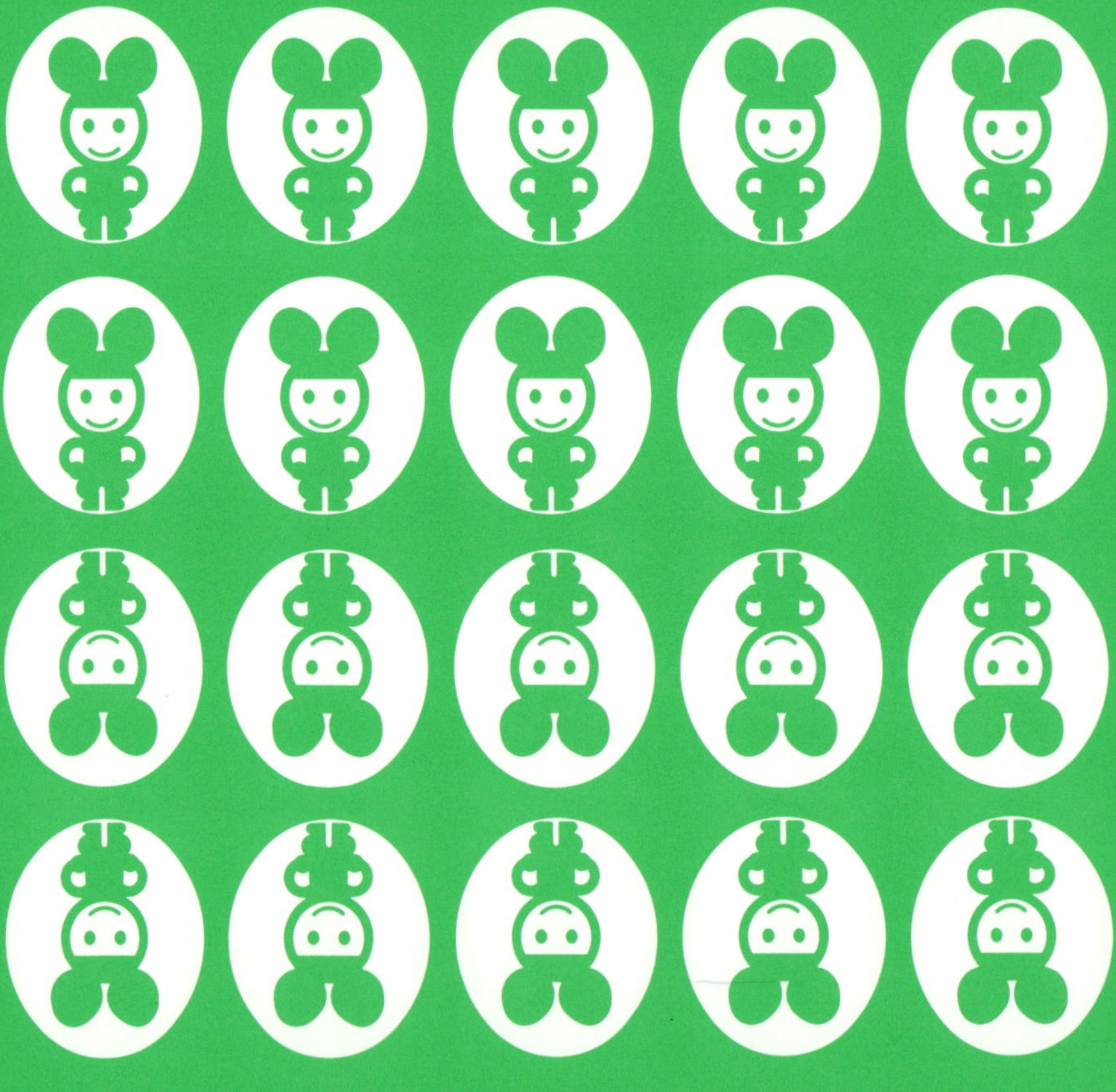